LA MEILLEURE MANIÈRE

DE VENDRE SON GRAIN

CAUSERIE

ENTRE DEUX CULTIVATEURS

DE JANZÉ

RENNES

IMPRIMERIE RENNAISE. — L. CAILLOT

1884

LA MEILLEURE
MANIÈRE DE VENDRE SON GRAIN

CAUSERIE
ENTRE DEUX CULTIVATEURS DE JANZÉ

JEAN LEBLANC & LE PÈRE LEROUGE

JEAN LEBLANC. — Bonjour, père Lerouge, comment ça va-t-il chez vous ?

PÈRE LEROUGE. — Mais je te remercie, mon gars, ça boulotte tout doucement.

Et chez toi ?

JEAN LEBLANC. — Chez noús, ça ne va pas fort.

PÈRE LEROUGE. — Qu'y a-t-il donc, as-tu des bêtes ou des gens de malades ?

JEAN LEBLANC. — Non, Dieu merci, mais ce sont les affaires qui ne marchent pas.

PÈRE LEROUGE. — Comment, les affaires? mais je trouve que ça ne va pas déjà si mal.

Jean Leblanc. — Vous trouvez, père Lerouge, eh bien, je ne suis pas de votre avis.

Le grain ne vaut sou; le cidre ne se vend
point; et pourtant faut de l'argent pour payer
notre maître; payer les domestiques; payer
le percepteur; avec ça les impôts qui aug-
ment tous les ans : tenez, père Lerouge, je
vous dis, moi, que ça va tout-à-fait mal depuis que nous sommes en République.

Père Lerouge. — Là, te voilà encore parti
à dire tes bêtises. Tu te plains, ma foi, que
la mariée est trop belle.

Mais crois-tu donc vraiment que c'est la
République qui est cause que nous avons trop
de grains, que nous avons trop de pommes,
que nous avons trop de cidre?

Si tu le crois, remercie-la donc, bégaud, au
lieu de la maudire.

Les années passées, que nous n'avions rien
du tout,

Que nous étions obligés d'acheter notre
grain,

Qu'il nous fallait boire de l'eau;

Tu criais encore après.

De deux choses l'une : ou tu avais raison
dans ce temps-là, et tu as tort aujourd'hui.

Qu'est-ce que tu dis à cela, hein ? es-tu pris, là ?

Mais je vais te dire une chose : la République, pas plus que ton Roi, ne peuvent rien changer aux récoltes ; c'est l'affaire du bon Dieu *et encore;* tu auras beau faire des neuvaines, dire des chapelets, il fera comme il voudra ; que tu chantes, que tu pleures, ça sera tout de même ; le meilleur est de s'en rapporter à lui.

Je te dirai bien franchement que, pour ma part, je ne lui demande jamais rien ; ce qui n'empêche que je suis servi aussi bien que les autres ; seulement, par *politesse*, je le remercie quand il me donne quelque chose de bon.

Tu dis que le grain ne se vend pas ; mais fais donc comme moi ; engraisse des vaches, des veaux, des pourceaux ; ça se vend toujours bien ; tu en feras de bon argent et les rats ne mangeront pas ton grain.

Si tu crains la concurrence des grains d'Amérique, change un peu ta culture ; ne fais pas tant de grain ; fais des prairies artificielles ; des racines en masse ; augmente le nombre de tes vaches ; ça te donnera du beurre, des élèves. On ne perd jamais là-dessus.

Crois-moi donc, lorsqu'il y a de quoi, on peut toujours se tirer d'une façon ou de l'autre ; on ne meurt pas de faim ; et puis, faut penser aux malheureux. Quand le grain est trop cher, le pain l'est aussi ; alors les pauvres ouvriers ne gagnent pas assez d'argent pour pouvoir nourrir leurs enfants tout leur content.

Que dirais-tu, mon pauvre Jean Leblanc, si ta bande de garçailles était à te crier la faim depuis le matin jusqu'au soir, et que tu n'aurais pas une miette de pain à leur mettre sous la dent ?

— Heu ! ça ne serait pas gai !...

— Non, mon gars, ne te plains pas de l'abondance ; mais toi qui n'es pas bête, cherche le meilleur moyen d'en tirer bon parti.

Tu dis aussi que les impôts augmentent tous les ans ; ça, c'est vrai ; mais pourquoi augmentent-ils ? Je vais te le dire.

D'abord, c'est la suite de la maudite guerre de 1870 qui fut si bêtement déclarée par le fameux Empereur, lequel en s'en allant a laissé une quinzaine de milliards à payer.

La République a bien voulu endosser ce

vilain héritage. Elle a déjà bigrement payé, va ; mais il en reste encore ; et tu sais bien, mon gars, que les créanciers ne se contentent point avec des queues de cerises ; faut payer absolument. C'est ce que nous faisons.

Ensuite, tu sais que nous n'avions point de chemin de fer.

A cette heure que tu t'en es servi, dit, c'est-il pas vrai commode ?

Quand il fallait aller chercher de la chaux, combien ça demandait-il de jours ?

A présent, tu la trouves toute rendue à ta porte : dame, faut bien que cela se paie. Mais est-ce que tu ne gagnes pas dix ou vingt fois les trois ou quatre francs que tu donnes de plus au percepteur, en faisant deux ou trois voyages par jour, dis ?

Tu vois donc bien, mon gars, que si pour un sou que tu donnes en impôts, tu en rattrapes vingt ou trente, ça n'est déjà point si mauvais.

C'est la même chose quand nos conseillers municipaux nous font payer des centimes additionnels pour les chemins vicinaux.

Ça, c'est encore une semence qui produit une bonne récolte, car tu sais bien que sans chemin il n'est point d'agriculture possible. Tiens, moi qui te parles, je suis bien plus vieux que toi. Aussi, je me rappelle qu'il y a quarante ans on ne pouvait pas aller à Rennes avec des charrettes ; on était obligé de mettre les marchandises sur le dos des chevaux. Juge un peu des bénéfices que l'on pouvait faire avec de tels voyages.

Ah ! c'est de ce temps-là qu'on était mal-malheureux ; point de commerce en tout ; rien ne se vendait ; il faut y avoir passé pour le savoir. Je dis : les centimes additionnels que tu paies pour les chemins, ne les regrette point, mon gars ; c'est de l'argent bien placé.

JEAN LEBLANC. — C'est vrai, père Lerouge, vous avez raison pour les chemins ; mais tout ce que nous payons pour les maisons d'école, et pour les instituteurs ; c'est-y pas de quoi perdu, ça, dites ?

PÈRE LEROUGE. — Malheureux, qu'est-ce que tu dis donc là ?

De l'argent de perdu pour les maisons d'école !...

Tu es tout de même par trop bête, si tu crois ça.

Tu ne sais donc pas que si les chemins de fer, les chemins vicinaux sont de première nécessité pour l'agriculture et pour nous faire vivre, les maisons d'école, les instituteurs, l'instruction ne sont pas moins indispensables à tout citoyen français.

Toi, tu ne sais ni lire ni écrire, pas vrai? Aussi, comment fais-tu tes affaires? point fort, point fort.

Pourquoi? Parce que tu ne peux pas te tenir au courant des progrès faits par l'agriculture.

Il n'y a qu'un instant tu te plaignais de ne savoir quoi faire de ton grain; si tu savais lire, tu trouverais tout de suite la manière de t'en débarrasser avantageusement dans les livres qui traitent de l'agriculture, et en lisant les journaux.

Puis, quand tu reçois une lettre, tu es obligé d'aller chez ton voisin pour la faire lire; suppose que tu ne veuilles pas qu'il sache ce qu'il y a dedans, comment fais-tu?

Es-tu bien sûr aussi qu'il te récite bien ce qu'il y a d'écrit, dis?...

Et l'écriture donc, comment peux-tu te

rendre compte où en sont tes affaires, si tu n'écris rien?

Quand tu as une lettre, un compte, un bail à faire, tu es obligé de t'adresser à quelqu'un. Ce quelqu'un-là, tu le paies, dix sous, vingt sous; trois ou quatre francs pour un compte ou pour un bail. Veux-tu me dire combien cela te fait d'argent à la fin de l'année?

Puis, tout le monde connaît tes affaires; si elles ne sont point bonnes, tu peux être sûr que ça ne les rend point meilleures.

Tu vois donc bien, mon pauvre Jean Leblanc, que si tu paies des centimes additionnels pour les écoles, ça n'est point perdu ; c'est du grain bien semé et qui te rapportera gros, sois-en sûr.

Tu vas me dire que tu n'en profiteras pas.

D'abord, mon gars, quand tu plantes un champ de pommiers, c'est-y rien que pour toi? es-tu sûr de récolter?

Non, n'est-ce pas? mais tu te dis : ça sera pour mes enfants; eh bien, c'est tout de même.

Non-seulement ça, mais je vais te dire comment tu profiteras tout de suite de la bonne semence de l'instruction.

Ton gars, Jean-Marie, n'aura-t-il pas neuf ans au mois prochain ?

Eh bien, il peut te rendre déjà de bons services.

Faut l'habituer à te lire dans les livres d'agriculture, tu apprendras toujours quelque chose de bon ; à écrire tes lettres, faire tes comptes, enfin toutes tes affaires. De cette façon, tu rattraperas tout de suite tes centimes additionnels.

C'est-y vrai, ça, dis ?

Si nos pères et nos grands-pères avaient fait comme nous, Jean Leblanc, combien nous aurions de beaux chemins et de belles écoles ; et, toi et moi, n'aurions besoin de personne pour faire nos petites affaires.

Que veux-tu : il ne faut pas leur en vouloir : Ils ne savaient pas.

Du reste, ils nous ont rendus hommes libres ; c'était le plus bel héritage qu'ils pouvaient nous laisser.

Oui, mon gars, avant la première République nous étions des esclaves. Nous appartenions à un seigneur qui nous menait comme un troupeau de moutons et nous considérait moins que ses chiens et ses chevaux.

Il avait le droit de vie et de mort sur ses vassaux ; les traitait comme des nègres et les rouait de coups ou les flagellait à plaisir.

Oui, il avait tous les droits, même celui de nous vendre comme tu vends tes veaux !...

Voudrais-tu bien revenir à ce temps-là, dis ?

Puis, il y avait les couvents, la dîme, les moines quêteurs.

Ah ! pour ce qui est de cela, je sais bien que ça n'a guère changé.

Il y en a cinq ou six dans notre commune qui ne savent quoi inventer pour nous tendre leur b... de bassin sous le nez.

Une fois, c'est pour le denier de Saint-Pierre,

Pour les enfants de Marie,

Pour les mères chrétiennnes,

Pour Saint-Joseph,

Pour les petits Chinois, sais-je moi, un tas de menteries que le diable ne s'y reconnaît plus.

Tu parlais de centimes additionnels, eh bien ! en voilà qui t'en font cracher un fameux tas tout le long d'une année ; ça n'en finit point.

Et puis : c'est les charrettes, c'est les chevaux qu'il faut prêter. Tout, tout, quoi!...

Tiens, Jean Leblanc, ces oiseaux-là, c'est comme les limaçons dans les jardins, ça dévore tout.

Aussi, méfie-t'en.

Jean Leblanc. — Merci bien, père Lerouge, j'aurai l'œil dessus.

Puisque nous sommes en train de causer, dites-moi donc quelques mots sur les prochaines élections.

Père Lerouge. — Que veux-tu que je t'en dise, mon gars?

Dans notre commune, il y aura sûrement deux listes; celle du Drapeau tricolore et celle des Chouans.

Tu peux bien être sûr que le Drapeau tricolore battera les Chouans. Les ouvriers, qui ne sont point bêtes et qui connaissent bien les affaires, voteront tous pour cette liste-là, car ils savent bien que si l'autre passait, ils ne seraient jamais si heureux qu'à cette heure.

Ce serait la même chose pour nous autres cultivateurs.

Les affaires ne marchent pas trop mal, faut pas se plaindre, et en travaillant on peut boulotter et élever ses garçailles. Faut pas se monter le coup; c'est pas toutes les belles promesses qui avancent à grand'chose. Et si la liste des Chouans passait, tu pourrais bien dire bonsoir à toutes les libertés. Il faudrait se coucher à huit heures; aller à la messe, à confesse, aux conférences, au chapelet, à toutes les singeries, quoi! Et tout le temps, tout le temps, le diable de bassin sous le nez.

Tiens, si tu ne veux pas me croire, quand tu passeras par Piré, demande-leur donc comment ils trouvent ce régime-là...

Ils s'appellent le comité *conservateur*.

De qua ?...

Mais je pense bien que toi et moi nous sommes aussi bons conservateurs qu'eux, et que nous n'irons point jeter par les fenètres la monnaie qui nous a donné tant de peine à gagner.

Crois-moi, ce n'est qu'une étiquette qu'ils se flanquent sur le dos.

C'est comme si tu écrivais sur ton plus grand tonneau : *que c'est le meilleur de ton cidre*. Crois-tu que si tu y avais mis la moitié d'eau dedans, ça l'empêcherait de n'être que de la piquette? Que nenni. Eh bien, c'est la même chose pour eux ; ils auront beau se nommer comme ils voudront, ça ne sera jamais que des chouans.

Aussi, quand tu verras une liste où il y aura dessus, M. le comte, M. le marquis, M. de ci, M. de ça, ne la mets point dans la *boîte ;* car elle te ferait retourner au temps des anciens seigneurs.

Ils auront beau dire que ça n'est pas vrai ; je soutiens le contraire, et pour preuve, rappelles-toi une chose que tu sais aussi bien que moi :

Quand ta grande vache gare a commencé à passer dans le champ de choux, et qu'elle en a goûté une fois, c'est-y pas vrai qu'elle a le diable au corps pour y retourner, dis ?

Eh bien, pour eux, c'est de même. Ils voudraient bien encore goûter les choux de *l'ancien temps.*

Mais n'en faut plus, non de non ! nos pères ont versé leur sang pour faire de nous des hommes ; il ne faut pas que ce sang-là soit perdu. Non !...

Ah ! je sais bien que ce ne sont pas les belles promesses qui vont manquer. Mais ne t'y fie pas, mon gars ; nous en a-t-il fichu de toutes les couleurs aux élections dernières, *l'autre, avec ses gants blancs.*

Le grain allait renchérir ;

Les fermes diminuer ;

Les alouettes allaient nous tomber toutes rôties dans le bec.

Eh bien ! Jean Leblanc, qu'y a-t-il eu de vrai dans tout ça ?

Rien en tout.

Et si nous étions restés la goule tendue depuis ce temps-là à attendre ces bigres d'alouettes rôties, vrai, nous serions tous morts de faim à cette heure.

Oui, ils vont t'en dire de toutes les couleurs sur les centimes additionnels qui sont mis pour les chemins, pour les maisons d'école, pour l'instruction. Laisse-les dire ; c'est utile, ça, et la preuve c'est que tu n'as plus à payer les mois d'école de tes enfants.

Mais je te parie cent francs qu'ils ne te diront rien des trois ou quatre cent mille francs qu'il faudrait pour finir l'église et faire le square, si ta liste des chouans passait.

Non, ils n'en diront rien ; mais tu peux être sûr qu'ils veulent te les faire payer ; méfie-t'en.

Tu m'as demandé mon avis, Jean Leblanc, je vais te le donner. Ne vote jamais pour le *Comité conservateur;* c'est la liste des curés et des chouans.

Vote sans crainte pour la liste du Drapeau tricolore; c'est la bonne.

Tu sais : je ne t'ai jamais trompé. Quand je t'ai vendu une vache ou un pourcet et que je t'ai dit : « Prends-moi ça en confiance, » n'as-tu pas toujours été bien servi?

Jean Leblanc. — Oui, père Lerouge.

Père Lerouge. — Eh bien! ne vote jamais pour les chouans, car ils te trahiront tôt ou tard; c'est moi qui te le dis.

Le Père LEROUGE.

Imprimerie Rennaise. — L. Caillot.